AF403217

OMNES EODEM
COGIMUR

LA MORT D'ADAM
TRAGÉDIE
Traduite de l'Allemand
de M. Klopstock
Avec des Réflexions préliminaires sur
cette Piece
NON OMNIS MORIAR
BIBLIOTHEQUE IMPERIALE
A PARIS
Prault Petit fils Quay des Augustins
a l'Immortalité
Chez
Dessain Junior Quay des Augustins
a la Bonne Foy.
M.DCC.LXII.

✻✻✻✻✻ ✻✻✻✻✻✻✻✻

RÉFLEXIONS
PRÉLIMINAIRES

sur la Tragédie de M. KLOSPTOCT.

LES écrivains des nations po-
lies de l'Europe avoient, presque
tous, sécoué le joug de l'école,
& transmis leurs pensées dans
leur propre langage, lorsque
les Allemands le dédaignoient
encore. Ils cultivoient exclu-
sivement les langues ancien-
nes, les seules qui leurs parussent
dignes d'être écrites ; & ils aban-
donnoient avec mépris aux igno-
rans & au peuple l'idiome natio-
nal. Qu'en arriva-t-il ? Ce préju-
jugé pédantesque nuisit aux progrès des lettres parmi eux. Ils

n'eurent que des jurisconsultes, des métaphysiciens, & des commentateurs, dans le temps que les autres peuples se distinguoient par des ouvrages de sentiment & de goût, & cultivoient avec succès toutes les branches de la littérature. La poësie, sur-tout, fut longtemps barbare chez les Allemands. La foible aurore qu'on avoit entrevue du temps des *Minæsengers* (1), fut suivie d'une nuit profonde, que percèrent à peine de loin en loin quelques pâles éclairs.

---

[1] Les Minæsengers fleurirent dans le treizième siècle. C'étoient les *Troubadours* de l'Allemagne, presque tous grands-seigneurs, princes, & même souverains ; ils se distinguoient par l'élégance & la naïveté de leurs poësies.

Cette longue léthargie s'eſt enfin diſſipée. Les Allemands ont ouvert les yeux ; & leur réveil, ſemblable à celui du fameux ennemi des Philiſtins, a été marqué par des traits de la plus grande force.

Ils ont briſé toutes les entraves ; ils ſe ſont affranchis de tous les préjugés ; ils ont étudié les anciens, mais plus encore le cœur humain ; & ils n'ont imité que la nature. Une foule de bons écrivains & de grands poëtes parut dès-lors ſur le théâtre de l'Allemagne. Depuis la chanſon juſqu'au poëme épique, depuis l'apologue juſqu'à la tragédie, tous les genres de poëſie ont été cultivés avec le plus grand ſuccès. Quels poëtes que Haller, Cramer , Gleim , Gellert , Kleiſt , Geſner , Leſſing , Utz & tant d'autres , dont on peut voir la liſte dans le journal étranger (2). Ces hommes illuſtres n'exiſtoient pas pour nous, il y a quelques années. C'eſt à cet ouvrage périodique , digne d'être encouragé par la nation , que nous en devons la connoiſſance. C'eſt à lui que les écrivains Allemands doivent la célébrité dont ils jouiſſent parmi nous. Nous connoiſſions ces chanſons & ces romances charmantes où M. Gleim a retracé la volupté naïve d'Anacréon , & la ſimplicité paſſionnée de Catulle : mais nous venons de

---

[2] Eſſai ſur la poëſie allemande. Journal de ſeptembre 1761.

lire, avec une admiration mêlée
d'étonnement, ſes cantiques guer‑
riers ; cantiques ſublimes qui
rappellent les chants belliqueux
deTyrtée ranimant la valeur épui‑
ſée desSpartiates découragés.Leſ‑
ſing ce génie original qui s'étoit
diſtingué dans preſque tous les
genres de poëſie,vient de ſe cou‑
ronner d'un nouveau laurier. Sa
Miſs ſara Sampſon, tragédie bour‑
geoiſe,arracheroit des larmes aux
cœurs les plus inſenſibles,comme
ſon *Philotas* forceroit à l'admira‑
tion les eſprits les plus rébelles.
» Pendant que l'abus de la philo‑
» ſophie,l'eſprit & l'affectation,
» dit M. l'abbé Arnaud, (3) cor‑
» rompent la poëſie parmi nous,
» elle reſpire la ſimplicité, la no‑

____

(3) Journal étranger de mars 1761.

a v

» bleſſe, le naturel, & la vérité
» parmi les Allemands. Nous
» ne peignons que nos idées &
» nos caprices ; ils peignent la
» nature. Nous ne nous occu-
» pons qu'à nous faire voir , qu'à
» nous faire ſentir ; ils s'oublient
» entièrement , pour ne montrer
» que la choſe qu'ils imitent.
» Nous courons après la ſenten-
» ce, ils mettent tout en ſenti-
» ment. Nous amuſons quelques
» hommes tout au plus , & pour
» quelques inſtans ; ils ſeront à
» jamais les délices de toutes les
» ames ſenſibles. « En effet, li-
ſez les grands poëtes Allemands,
vous ne voyez plus que les ſublimes tableaux qu'ils vous offrent,
vous ne ſentez plus que les mouvemens qu'ils veulent inſpirer,

vous oubliez le poëte, vous vous oubliez vous-même. Vous êtes entraîné par leur enthousiafme divin, vous croyez lire Homère, vous croyez entendre les prophê-tes. Tel eft M. Klopftoct, auteur de la *Meffiade*, & de la *Mort d'Adam* dont je donne la traduction, c'eft le premier & le plus fublime des poëtes Allemands. » Par où com-» mencerai-je par décrire cet » homme extraordinaire, dit un » de fes compatriotes ; non je ne » connois que le chantre divin » de la colère d'Achille à qui je » puiffe le comparer. Quel poëte » a jamais été fi fécond en in-» ventions fublimes, nous a pré-» fenté tant de grands tableaux, » a mis tant d'art & de fineffe » dans l'exécution, a creufé plus

» avant dans les sources des sentimens & des passions ! Quel poë-
» te enfin a jamais sçu réunir une
» nature si neuve & si merveil-
» leuse avec tant de vraisem-
» blance & d'agrémens ! Milton
» & le Tasse disparoissent - ici ?
» Raphaël est moins grand entre
» les peintres, que ne l'est Klopf-
» tock parmi les poëtes épiques.

Ce fut dans sa première jeu-
nesse que ce puissant génie osa
former le plan de son poëme. Il
a transporté dans sa langue l'héxa-
métre & la période des anciens
(4), & la vengée bien plus encore par ses vers que par ses *réflexions* d'un préjugé populaire,

---

[4] Toutes les nations modernes qui ont
cultivé la poësie ont fait des efforts inutiles

adopté de presque toutes les nations de l'Europe. La *Messiade* doit avoir vingt chants , M.

---

pour imiter la forme du vers grec & latin. Les Italiens pouvoient se flatter d'en approcher plus que les autres , parce que leur prosodie est plus forte & plus ressentie. Ils ont quelques piéces dans ce genre , témoin une élégie de Tolomei, en vers héxamètres & pentamètres qui commence ainsi.

Questa per affetto tenerissima lettera mando
A te che tratti , barbaramente noi.

Desportes, Henri Etienne & quelques autres écrivains osèrent imiter ce rithme dans notre langue ; & ce dernier traduisit ces deux vers latins ,

Phosphore, redde diem , cur gaudia nostra moraris,
Cæsare venturo , phosphore , redde diem.

par ce ridicule distique françois.

Aube, réveille le jour, pourquoi notre aise retiens-tu,
Cæsar doit revenir , aube réveille le jour.

Klopſtoct n'en a fait encore que dix, & il pourſuit ſa noble & vaſte carrière, encouragé par la protection & les bienfaits du prince ami des arts à qui ce poëme eſt dédié (5). Mais je ne dois conſidérer ici M. Klopſtoct que comme poëte tragique.

De tous les genres de poëſie, le genre dramatique eſt peut-être celui qui a fait le moins de progrès chez les Allemands. C'eſt le ſeul où ils ne ſoient pas originaux. Ils ont longtemps flotté, pour ainſi dire, entre le théâtre Britannique & le théâtre François. Tantôt entraînés par les beautés fortes, mais irrégulières, des Anglois, tantôt ſéduits

---

[5] Le roi de Dannemarck.

par l'élégance, la juſteſſe & la correction de nos drames; ils n'ont pas eu la force de ſe fixer. Ils imitent également & les uns & les autres. Brave, Leſſing, Wieland ont plus panché du côté des premiers; le baron de Croneg, Gellert, J. E. Schlegel ont ſuivi les traces de nos auteurs dramatiques : mais l'auteur de la *Mort d'Adam* a pris ſon eſſor loin des uns & des autres & s'eſt ouvert une route nouvelle. La force de ſon génie l'a ſoutenu entre deux écueils, les écarts irréguliers des Anglois & la timide exactitude des François. Placé à une égale diſtance des deux théâtres, ſa pièce eſt d'un genre nouveau; c'eſt un drame vraiment original qui ſera vraisemblablement sans imitateurs, comme il a été sans modèles.

Sujet.

La mort du père de tous les hommes, l'exécution de l'arrêt terrible porté contre lui, & contre toute sa postérité : quel sujet ! le théâtre ancien & moderne en a-t-il jamais offert un qui réunit à tant de simplicité , tant d'importance, de grandeur , & d'intérêt ? Car enfin, il ne s'agit pas ici du sort d'un particulier, d'une famille , d'une nation même ; il s'agit de la destinée du genre-humain.

La catastrophe est tout-à-la-fois terrible & touchante : c'est un homme coupable frappé de mort ; mais le premier de tous les hommes destiné à l'immortalité par la main toute-puissante qui l'avoit formé. C'eſt un père malheureux qui entraîne dans le tombeau toute ſa race avec lui, & qui eſt moins touché de ſa propre infortune que du malheur de ſa poſtérité. Un père qui par ſes larmes, par ſon répentir & ſes remords auroit mérité le pardon de ſa foibleſſe, ſi ce pardon fût entré dans les deſſeins irrévocables de l'Etre ſuprême ; enfin, c'eſt un père qui meurt, après avoir été maudit par le premier-né de ſes fils, qui meurt au milieu de ſes enfans, à côté d'une épouſe tendrement aimée, après avoir creuſé lui-même ſon tombeau ; & le jour même où l'on célèbre l'union conjugale de deux de ſes enfans ; circonſtances précieuſes que le poëte a ſçu raſſembler pour exciter plus vivement les paſſions propres de la tragédie.

Il n'y a dans ſa pièce ni mé-priſes, ni échange, ni incidens romaneſques, ni événemens im-prévus, ni coups de théâtre, ni nœuds embrouillés, ni dénoue-ment extraordinaire, ni cataſtro-phe précipitée, ni deſcriptions pompeuſes, ni ſentences philo-ſophiques, ni tous ces échaffau-dages de nos tragédies récentes; & cependant il ſuffit de la lire pour éprouver je ne ſçai quelle force ſecrette qui, s'emparant de nos ſens, de notre imagination & de notre ame, en éloigne toute idée de fiction & d'artifice, & reveille dans nos cœurs les mou-vemens & les paſſions qu'y fe-roient naître la préſence & la réalité même de l'action que le poëte imite. Tel est l'empire du sentiment, de la nature & de la vérité. Quel est donc l'aveuglement de ces poëtes, qui ne croiroient pas avoir fait une tragédie, s'il ne se rencontroit pas dans le tissu de leur fable quelqu'erreur de nom, quelque personnage inconnu, quelque événement inopiné? De-là ces coups de théâtre inattendus, ces révolutions subites, ces reconnoissances froides & puériles.

M. Klopstoct a puisé dans la religion le sujet de sa tragédie, comme celui de son poëme-épique. Il est permis, sans doute, de prendre dans les livres saints la matière d'un poëme, dit-il lui-même dans ses *Réflexions sur la poëfie facrée.* Cette partie de la révélation qui nous inftruit des faits ne confifte prefque qu'en efquiffes, quoique les faits, tels qu'ils fe font paffés, forment un grand tableau. Que fait le poëte ? Il travaille fur ce riche fonds, & y répand les couleurs propres à rendre les principaux traits qu'il croit appercevoir dans l'efquiffe. Mais rien d'étranger devroit-il fe mêler avec les vérités refpectables de la religion, & peut - il être permis à un poëte d'employer toutes les puiffances de fon art à nous tromper fur le plus impor-tant de tous les objets, en nous faifant regarder des faits ignorés, incertains, & même purement fictifs, comme autant de vérités ? Cette erreur n'eft que momentanée, répond M. Klopftoct, elle eft innocente, & ne fçauroit porter aucune atteinte à la morale. Raphael a peint le créateur, Michel-Ange le jugement dernier, le Tintoret la gloire du paradis. Effacez donc, fi vous l'ofez, ces chefs-d'œuvres immortels qui ont ajouté à la religion des peuples, ou laiff z les poëtes jouir du même privilège.

. . . . Pictoribus atque pœtis
Quidlibet audendi femper fuit æqua poteftas.

Il eft impoffible de voir *Athalie & Polyeucte* fans regretter les autres fujets que la religion auroit pu fournir à notre théâtre ; mais il faut être Corneille, Racine ou Klopftoct pour les traiter dignement.

Dans les premiers ſiècles du christianiſme, les pères de l'égliſe qui voyoient l'empire des ſpectacles ſur le peuple, oppoſèrent aux jeux des payens des pièces de théâtre, dont les ſujets étoient tirés de l'écriture-ſainte. Craint-on de s'égarer en marchant ſur leurs traces ? On a vu cependant des hommes reſpectables, dont le zèle étoit plus ardent qu'éclairé, s'allarmer en voyant des ſujets ſacrés ſur nos théâtres, & faire tous leurs efforts pour leur en fermer l'entrée. Faut-il que des bouches profanes, s'écrioient-ils, chantent les louanges du Seigneur ? Sans doute, il le faut, & c'eſt un hommage de plus. Les vaſes des Egyptiens qui ſervoient au culte des idoles

ne furent-ils pas confacrés à l'or-
nement du tabernacle ? difoit un
père de l'églife pour répondre à
une difficulté femblable. Lorfque
j'entends célébrer la gloire du
Très-haut ; que l'organe qui chante foit profane ou facré, je fuis
également pénétré de refpect &
d'admiration. Le cœur de Jephté,
tout tremble devant le Seigneur,
excite dans mon ame cette crainte
religieufe,&cette terreur falutaire
que l'écriture nous recommande ;
aimeroit-on mieux entendre ces
paroles galantes & frivoles ?

> Triomphez, belle princeffe,
> D'un amant audacieux ;
> Rendez-vous à la tendreffe
> De qui fçait aimer le mieux,

Cela eft en vérité fort inftruc-
tif & fort touchant. Puifque les

ſpectacles ont tant d'attraits pour nous, & qu'ils ſont devenus néceſſaires dans les grandes villes ; puiſque nos ſens ont beſoin d'être occupés & notre cœur d'être ému ; que le théâtre pourroit être une école d'autant plus fréquentée qu'elle paroît moins ſévère : école où les hommes s'inſtruiroient de leurs devoirs, à l'aide de l'imagination & des paſſions plus puiſſantes ſur eux que la raiſon même ; pourquoi ne s'en ſert-on pas pour nous inſpirer l'amour de la religion & de la vertu ?

Sai che là corre il mondo ove più verſi
Di ſue dolcezze il Luzinghier parnaſo,
E che il vero condito in molli verſi,
I più ſchivi allettando ha perſuaſo.
Petrarq.

Je

Je ne vois jamais le ſublime dénouement d'Alzire, ſans déſirer que M. de Voltaire exerce ſon génie fécond, & répande le charme de ſon coloris ſur quelque ſujet ſacré. Pour peu qu'on ait d'entrailles, on eſt touché juſqu'aux larmes des derniers ſentimens de Guſman; on admire le changement prodigieux que la religion opère dans le cœur inſenſible & fier de ce ſuperbe Eſpagnol; l'on ſort du théâtre pénétré de reſpect & d'amour pour une religion qui ordonne & qui inſpire tant de grandeur d'ame & de généroſité, & le ſpectateur attendri répéte tout bas ces beaux vers.

Des Dieux que nous ſervons connois la différence:
Les tiens t'ont commandé le meurtre & la vengeance;

Et le mien, quand ton bras vient de m'affassiner ;
M'ordonne de te plaindre & de te pardonner.

c'est avec cette noblesse & cette dignité qu'il faudroit traiter la religion qui imprime à tout ce qu'elle touche un caractère de grandeur & de magnificence, & dont les interprétes sacrés, par l'abondance des sentimens pathétiques & des grands tableaux qu'ils présentent, sont plus capables de soutenir l'essor du poëte, que tous les écrivains de l'antiquité.

Loin de nous ces temps barbares où, sous le nom de *mystères*, les confrères de la passion donnoient à nos bons ayeux des farces indécentes & ridicules. Le gouvernement a corrigé ces abus, mais il paroît avoir été d'ailleurs aſſez indifférent ſur l'utilité qu'on pourroit retirer de l'attrait des ſpectacles. On a multiplié les loix au lieu de former les mœurs.

Solon avoit prévu que le théâtre ſeroit un jour plus puiſſant que les loix. La choſe arriva. Les magiſtrats d'Athènes en corrigeant les abus des ſpectacles leur donnèrent un caractère politique & moral. Si la tragédie chez les Grecs avoit pour but d'exciter la haine de la monarchie, en repréſentant les malheurs & les crimes des rois, pourquoi ne nous en ſervons - nous pas, comme les Chinois, pour inſpirer l'amour & le reſpect de la royauté?

Quand je parle de la tragédie Grecque, c'eſt la nouvelle que j'entends; car l'ancienne étoit

puiſée dans la religion dont l’objet eſt ſi important & ſi univerſel.
Que nos jeunes poëtes dramatiques renoncent donc aux ſujets
ſacrés, dans la crainte de ne pas
les traiter aſſez dignement. Cette
défiance eſt ſage, & il faut les en
louer. Ce qui m’étonne, c’eſt la
fureur qu’ils ont de chercher dans
les romans ou dans des fables
uſées, & quelquefois dans leur
imagination, plutôt que dans
l’hiſtoire, le ſujet de leurs drames. Quel eſt leur but ? De nous
inſtruire & de nous plaire : or,
une action véritable opère plus
ſurement ces deux effets qu’une
action fabuleuſe. La première ex-
poſe des événemens réels & con-
tient les loix immuables dont la
nature ſe ſert pour agir. La coin-

noiſſance de ces loix & de ces principes eſt utile aux particuliers & aux états.

L'action feinte porte ſur des combinaiſons idéales, qui varient à proportion du dégré de force & de chaleur de notre imagination, & ne fournit par conſéquent, comme le remarque Gravina, que des opinions incertaines, & ſouvent dangereuſes pour la conduite de la vie & du gouvernement des états.

Dans un ſujet hiſtorique, en comparant l'original avec la copie, l'ame combine, raiſonne, ſent ſa propre force & s'en applaudit.

Dans les ſujets feints, elle ne trouve que le caprice & l'imagination de l'auteur; elle eſt déjà prévenue qu'on la trompe ; & au lieu de s'abandonner aux douceurs de l'illufion, elle fe tient fur fes gardes , & fent moins vivement la terreur & la pitié.

D'ailleurs, les fujets hiftoriques font plus féconds , plus variés, plus circonftanciés que les autres; car les combinaifons de la nature font infinies quoique fimples ; celles de notre efprit font bornées & fouvent forcées : & fi, dans un fujet fabuleux ou imaginé, on ne doit rien employer que de vraifemblable ; pourquoi ne préfére - t - on pas l'hiftoire , puifqu'il n'y a point de fait vraifemblable dont elle ne fourniffe des exemples ?

Croit - on donner une plus grande preuve de génie en créant

son sujet ? On se trompe. Les motifs, les moyens, les circonstances d'une action, la contexture, en un mot, d'une pièce, est aussi difficile à imaginer que l'action toute entière ; & c'est dans ce tissu que consiste l'art du poëte.

Ex noto fictum carmen sequar, ut sibi quivis
Speret idem, sudet multùm frustraque laboret,
Ausus idem : tantum series juncturaque pollet,
Tantum de medio sumptis accedit honoris.

Michel-Ange mérite notre admiration & nos éloges pour avoir eu le talent d'achever les proportions de cette statue antique & mutilée qu'on trouva dans les ruines de Rome.

La tragédie peut ajouter à l'histoire, pour l'embellir & la passionner ; mais elle doit craindre de la

masquer ou de la défigurer. M.
K. a évité cet écueil, quoiqu'il
ait inventé toutes les circonstances de son action, & l'on n'a jamais réuni tant de vraisemblance
& d'imagination ; tant d'intérêt
& de simplicité. Il ne semble
avoir fait sa tragédie, comme son
grand poëme, que pour faire paffer dans nos cœurs les grands
sentimens de religion, & l'amour
de la vertu dont il est pénétré lui-
même. Sa pièce respire partout
la tendresse conjugale, l'amour
paternel & filial, la douceur &
l'humanité, la patience & la réfi-
gnation, la douleur & le répentir
d'une faute expiée par des siècles
de souffrances. L'auteur nous y
rappelle avec force les grandes
vérités de la religion. La justice

divine tempérée par la miséricor-
de, la foi du Rédempteur, le
souvenir de notre origine, &
celui de notre mort, la croyance
de l'immortalité & d'une vie future. Voilà l'objet du poëte.

Son plan est de la plus grande
simplicité. Celle des tragiques
Grecs n'alla jamais jusques-là. Je
crois même que bien des critiques
le trouveront trop simple, trop
nud, trop uni; mais si les drames,
dont la fable est implexe ou compliquée, qui sont chargés d'incidens & d'épisodes ; où si le flux
& reflux des passions, le passage
alternatif & rapide de l'infortune
au bonheur, & du bonheur à
l'infortune, suffit pour surprendre
& pour intéresser le spectateur,
sont dignes des plus grands élo-

b v

ges, lorsque le développement en
est facile, naturel & vraisembla-
ble; quel mérite n'y auroit-il pas
à faire naître, indépendamment
de ce puissant moyen, le même
dégré d'attention & d'intérêt?

Adam sent une sécousse violente au-dedans de lui-même, il
croit que c'est un avantcoureur
de sa mort: l'Ange de la mort
lui apparoît & lui prononce son
arrêt. Mais il ne mourra pas sans
comprendre le sens de ces paroles, tu *mourras de la mort*. Caïn
errant & vagabond est conduit
par la justice divine à la cabanne
d'Adam. Caïn maudit son malheureux père qui commence à sentir
les horreurs de la mort; il creuse sa
tombe, il prend des mesures pour
éloigner Eve, dont il veut épar-

gñer la tendreſſe ; Eve arrive pour lui annoncer le retour de Sunim ; les enfans d'Adam ſe raſſemblent, & il meurt en les béniſſant. Qu'on imagine un plan plus ſimple, & qu'on me diſe quelles reſſources un poëte ne doit pas avoir dans ſon génie pour produire les plus grands effets avec de ſi foibles reſſorts. Cependant, tout ſimple que paroît ce plan, il y a un art caché qui produit d'autant plus d'effet qu'il eſt moins apperçu. Les ſcènes ſe préparent, s'enchaînent, ſe ſuccèdent, ſe ſoutiennent mutuellement, & donnent à l'enſemble un accord qui ſe fait ſentir ſans être remarqué. La pièce n'a preſque pas de nœud, ou plutôt, ce nœud qui conſiſte dans l'incertitude d'Adam, malgré ſon preſſentiment, & dans

Nœud.

l'attente de l'Ange de la mort,
eſt dénoué dès la fin du
premier acte, lorſque l'Ange a
parlé. Rien ne peut plus s'oppo-
ſer à la mort d'Adam, & l'inſtant
même en eſt fixé. Dès-lors, le
dénouement & la cataſtrophe ſont
prévus ; &, malgré cela, l'intérêt
va toujours croiſſant. Qu'on ne
juge donc pas cette tragédie ſe-
lon les règles d'Ariſtote, ou plutôt de ſes commentateurs. Ariſtote fit ſes obſervations d'après
les bonnes pièces de ſon temps ;
& il n'a pas prétendu que la route
qu'il traçoit fut la ſeule qui pût
conduire au but. La grande règle
eſt d'intéreſſer ; & qui l'a mieux
obſervée que M. Klopſtoct ?

Je ſçais que nos jeunes poëtes
dramatiques aimeront mieux ſe
forger des labyrinthes, mais ils

Dénoue-ment.

rifqueront de s'y perdre ; ils noueront des intrigues qu'ils feront forcés de rompre avec violence : ils ourdiront une trame compliquée, & ils en brouilleront tous les fils. Ils imagineront des incidens, mais ils n'en affigneront pas la raifon ; ils ne les feront pas naître du fond du fujet, ou du caractère dominant de la pièce ; & ce ne feront que des hors-d'œuvres. Il n'y a d'incidens dans la pièce de M. Klopftoët que l'apparition de l'Ange ; apparition promife à Adam, & préparée au commencement du premier acte ; l'arrivée de Caïn envoyé, comme le dit Adam, pour contribuer à l'accompliffement de l'oracle, *tu mourras de la mort*, le retour de Sunim,

dont Adam regrette la perte dans
le fecond acte ; & quels effets ne
produifent pas ces incidens ?
L'Apparition de l'Ange de la
mort eft terrible. La fcène de
Caïn fait dreffer les cheveux. Le
retour de Sunim précipite l'arrivée d'Eve, & fait naître la fi-
tuation la plus touchante.

Situations. Il n'y a, à la rigueur, qu'une
fitúation dans la tragédie de M.
Klopftoct ; c'eft Adam, fentant
les approches & les atteintes d'u-
ne mort inévitable. Mais, comme le poëte en varie les afpects !
avec quel art il en fçait graduer
les nuances ! comme tous les
mouvemens font préparés, en-
chaînés, développés ! D'abord,
la feule crainte de la mort trouble & fait trembler Adam ; l'at-

tente d'une apparition terrible le glace d'effroi. Il friſſonne au bruit affreux du rocher. L'Ange fait entendre ces paroles foudroyantes, *tu mourras, &c.*, Adam eſt anéanti ; il n'a plus de voix que pour demander grace. Le voilà placé entre un fils dont la douleur irrite la ſienne ; un fils vertueux qu'il chérit & qu'il regrette, & une fille aimable qui fait ſes délices & dont l'union conjugale s'apprête. Bientôt on lui annonce l'arrivée d'un homme extraordinaire ; ſa ſurpriſe eſt égale à ſon trouble ; il craint, il tremble : c'eſt Caïn, c'eſt le perfide Caïn. Quel ſouvenir douloureux ſa préſence rappelle à ſon père mourant ! le maſſacre d'Abel ; la réprobation du parricide. Mais que vient faire ce scélerat ? Demander grace à son père, le consoler dans ses derniers momens, lui offrir le spectacle de son répentir & de sa douleur ? Non : il vient l'accabler de malédictions. C'est alors qu'un glaive de douleur déchire les entrailles du plus malheureux des pères. A ce mouvement violent succéde un calme léthargique, une tristesse profonde. Je le vois ici auprès de l'autel sanglant de l'innocent Abel ; là, creusant son tombeau de ses propres mains ; tantôt il se peint l'image affreuse de la corruption ; tantôt il s'oublie lui-même pour ne s'occuper que des malheurs de sa race. Il jette les yeux sur le jardin d'Edem. Quel souvenir amer ! quelle foule de pensées accablantes ! il revient à sa tombe ; il y fixe un œil sombre & mourant : quelle image effrayante ! un sommeil douloureux s'empare de ses sens ; mais quel réveil affreux ! il entend une voix, c'est la voix d'E- ve ; il ouvre ses yeux presque éteints, c'est Eve qu'il entrevoit. La douleur est à son comble , il sent toutes les horreurs de la mort. Déjà la mère & les enfans arri- vent, Sunim est avec eux ; Su- nim qu'Adam avoit pleuré com- me mort. Adam le touche , le reconnoît ; & un sentiment de joie se mêle à l'amertume de son ame. L'heure fatale approche ; le délire s'empare de son imagina- tion ; mille objets terribles s'y peignent. Il revient à lui, il voit son épouse & ses enfans prosternés à fes piés , il les voit & les bénit. Un bruit fourd rétentit à fes oreilles ; il fent le coup mortel ; il expire.

Voilà par quels dégrés l'auteur conduit fon perfonnage au terme fatal ; voilà comment il le fait paffer tour-à-tour , & naturellement, de la trifteffe à l'accablement , de la crainte à l'effroi , de l'agitation au calme , du fentiment au tranfport ; il frappe fon cœur de tous les côtés ; il épuife fur lui tous les traits de la douleur; il lui fait boire, jufqu'à la lie, le calice amer de la mort. C'eft ainfi qu'il nous touche nous-mêmes, qu'il nous agite, & qu'il nous paffionne. Car, fi le poëte veut nous émouvoir, il faut que fon perfon-

nage ſoit ému, & qu'il le ſoit né-
ceſſairement & par dégrés. *Si vis
me flere dolendum eſt primùm ipſi
tibi, tunc tua me infortunia læ-
dent.* Des mouvemens bruſques,
découſus, & qui ne ſont pas mo-
tivés, ſont toujours froids, & la
peinture exagérée des paſſions
nous glace. Le ſpectateur ne ſe
laiſſe pas entraîner facilement au
dernier terme de la terreur ou de
la pitié. De légères émotions
doivent diſpoſer ſon ame à de
plus vives. Sans ces gradations
inſenſibles, la tragédie ne produit aucun effet ; notre eſprit eſt
étonné ſans être ſatisfait, & notre ame eſt confondue ſans être
touchée. » Voulez-vous, dit M.
» Klopſtock lui-même (car il eſt
» auſſi bon critique que grand

poëte) voulez-vous exciter en
» moi une tristesse profonde ?
» Que chaque pas que vous ferez
» en avant me prépare à l'impres-
» sion que vous voulez faire sur
» mon ame ; rappellez-moi cer-
» taines vérités qui disposent mon
» cœur aux mouvemens que vous
» vous proposez de lui faire éprou-
» ver ; frappez mes sens par des
» images tristes que vous leur pré-
» senterez successivement. Après
» m'avoir arrêté pour quelque
» temps sur des tombeaux cou-
» verts de fleurs, poussez-moi
» dans des antres profonds rem-
» plis de cadavres. Si vous m'y
» entraîniez tout-à-coup & sans
» précautions, je serois accablé
» beaucoup plus que je ne serois
» ému. M. Klofpoct a joint

l'exemple au précepte. Si les personnages n'agiffent pas beaucoup dans fa pièce, le cœur y eft fans ceffe en mouvement. Le défaut d'action eft un reproche qu'on fait à notre théâtre ; mais fi le pathétique y dominoit toujours, comme dans plufieurs de nos bonnes tragédies , nous gagnerions plus d'un côté que nous n'aurions perdu de l'autre. Que l'action & le pathétique marchent de front, s'il eft poffible ; c'eft le chef-d'œuvre du génie & de l'art. S'il faut choifir , n'héfitons pas ; la paffion eft préférable à tout le refte ; la paffion doit règner fur la fcène.

Et qu'on ne croie pas que ces deux chofes foient inféparables. L'action peut être fufpendue pour

Action.

le moment, ou marcher à pas lents ;
& la passion toujours croissant, se
présenter sous mille formes, &
varier ses aspects à l'infini. L'ad-
mirable auteur de ce roman su-
blime, qui renferme un si beau
système de morale, & une si pro-
digieuse connoissance du cœur
humain ; Richardson, dont l'An-
gleterre & la république des lettres pleurent la perte récente,
nous épouvante & nous déchire
au moyen de la plus foible action.
Il fait emprisonner son héroïne ;
& *Clarisse* dans sa prison nous ar-
rache plus de larmes, nous ins-
pire plus de terreur que toutes les
morts sanglantes de nos héros
dramatiques. Par quel art, par
quelle magie opère-t-il ces pro-
diges ? C'est, répond un écri-

vain, qui réunit le goût au fentiment, c'eſt par la profonde étu-
de qu'il a faite des paſſions : c'eſt
parce qu'il a tout préparé , tout
mis à ſa place , & qu'il a fait jouer
un reſſort après l'autre. C'eſt par
ces moyens que M. K. a jetté
beaucoup d'intérêt ſur l'action la
plus ſimple. Intérêt d'autant plus
vif que ſes différentes branches
ſe réuniſſent à un centre, & qu'il
fixe ſur un ſeul objet les ſens ,
l'imagination, le cœur & l'eſprit
du lecteur. Sans cette unité d'intérêt dans les pièces de théâtre,
le ſpectateur placé, pour ainſi dire , entre deux forces égales eſt
entraîné tour-à-tour par l'une &
par l'autre ; il eſt embarraſſé du
choix, & les intérêts divers s'en-
trechoquent & ſe détruiſent.

Unités.

Un jeune poëte François eût avidement faifi l'occafion d'enchaffer un épifode d'amour dans cette pièce. L'union conjugale de Sélime & d'Eman lui en auroit fourni le prétexte. Il auroit peint cette jeune amante vivement agitée par deux fentimens contraires, le defir & la crainte, l'amour & la douleur. Qu'en feroit-il arrivé ? Sélime auroit partagé l'intérêt, ou plutôt Sélime nous auroit plus intéreffé qu'Adam ; le perfonnage principal auroit difparu, & notre attention fe feroit trop longtemps fixée fur un fujet fubalterne ; fans compter que ces fcènes épifodiques auroient nui à la fimplicité du plan, & à l'unité de l'action. Cette unité d'action eft très-marquée

quée

quée dans la pièce Allemande,
ainſi que l'unité de temps & de
lieu. L'action commence le ma-
tin, & finit au coucher du ſoleil;
elle ſe paſſe toute entière dans la
cabane d'Adam.

Les caractères ſont ſimples, *Caractères.*
mais nouveaux, intéreſſans &
ſoutenus. Quelle naïveté touchante dans celui de Sélime!
quelle vigueur dans celui de
Caïn! le reſpect & l'amour filial
accompagnent toujours le vertueux Seth; mais le caractère
d'Adam eſt de la plus grande
beauté; & au milieu des épreu-
ves les plus terribles & des agi-
tations les plus violentes, ce per-
ſonnage ne ſe dément jamais.
L'expreſſion & le ſtyle ſont ana- *Style.*
logues à la ſimplicité des caractè-

res & du premier âge du monde.
Alors l'expression partoit du
cœur, & l'esprit n'en violoit pas
l'ingénuité. On n'avoit encore
que des idées pastorales & cham-
pêtres, & toutes les images, toutes les figures étoient empruntées
des objets que la simple nature
offroit aux sens. De quelle force
de génie ne faut-il pas être doué
pour soutenir ce caractère de
simplicité; pour se tenir en garde
contre les expressions & les tours
recherchés ; & cependant pour
trouver des images & des façons
de parler nobles & grandes, afin
d'en revêtir, pour ainsi dire, les
divers sentimens que l'on exprime. C'est ce qu'a fait M. K.;
c'est ainsi qu'il a conservé, tant
dans les situations & les senti-

mens, que dans le langage, la vraisemblance qui seule est la vérité poëtique.

Sa tragédie a beaucoup d'analogie avec celle d'Œdipe à Colone. Ces deux drames se ressemblent par le sujet, par la simplicité de l'action & du plan , la régularité de la marche, quelques situations & quelques incidens. Il s'agit dans l'une & dans l'autre de la mort du principal personnage : mort prédite par un oracle dans Sophocle, mais dont Œdipe ignore le jour & le moment : mort pressentie, & bientôt après annoncée par un Ange, & fixée au coucher du soleil, dans M. K. : mort enfin dont les deux personnages doivent reconnoître les approches à des signes certains. *Apollon m'a annonce, dit Œdipe , que je trouverois la fin de ma misère & de mes jours dans un lieu consacré à de respectables Déesses, & qu'un tremblement de terre, accompagné du tonnerre & des éclairs, seroit l'avant-coureur de ma mort.*

Homme formé de terre, dit l'Ange de la mort à Adam , *avant que le soleil ait franchi la forêt des cèdres, tu mourras de la mort* . . . ; à ce *dernier moment, le tremblement du rocher, un bruit semblable à l'éclat du tonnerre , frappera ton oreille.*

Dans le premier, c'est un Roi chassé de son Trône & de sa patrie par ses enfans & par ses sujets; un Roi malheureux, errant, privé de la vue & plongé dans la plus affreuse misère ; qui a laissé à ses deux fils une guerre sanglante &

des malédictions terribles pour héritage. Dans le second, c'est le premier père du genre humain, chassé d'un lieu de délices & condamné au travail, à la douleur & à la mort, qui transmet à ses enfans la malédiction dont il a été chargé lui-même.

Œdipe maudit ses enfans, pour les punir & pour se venger de leur ingratitude & de leur barbarie. Adam bénit les siens, & verse en mourant des larmes de sang sur les malheurs que sa prévarication a fait tomber sur leurs têtes. Le premier passe le jour de sa mort entre Antigone & Ismène, ses deux filles, dont il reçoit des consolations & des secours au sein de sa misère. Le second écarte toute sa famille, & choisit le plus vertueux & le plus aimé de ſes fils , pour lui confier ſes ſecrets , ſes craintes , ſa douleur , & pour mourir entre ſes bras. Tous deux revoient avec frayeur & pour la dernière fois, l'un par égard pour Théſée , l'autre par réſignation à la volonté du Seigneur, un fils barbare & dénaturé.

Théſée dit à Œdipe, en lui parlant de l'étranger qui demande à le voir ; *N'auriez vous pas dans Argos quelque parent ?*

ŒDIPE.

Ah ! prince, ne m'abandonnez pas.

THE'SE'E.

Qu'avez-vous ?

ŒDIPE.

Ne me demandez pas. ....

THE'SE'E.

Quoi ? expliquez-vous.

ŒDIPE.

Vous m'en avez dit aſſez pour me faire connoître l'étranger qui eſt proſterné aux pieds des autels.

THESÉE.

Qui eſt-il ?

ŒDIPE.

C'eſt mon fils, Seigneur, mon exécrable fils : c'eſt un ſupplice horrible pour moi de l'entendre … Seigneur, ne l'exigez pas.

THESÉE.

Mais, ſi le titre de ſuppliant m'y oblige, ſongez que je dois reſpecter le Dieu qu'il implore.

ŒDIPE.

J'y conſens.

Sélime dit à Adam, qu'un homme extraordinaire demande à lui parler.

ADAM.
Son front eſt-il découvert ?

SE´LIME.

J'ai entrevu sur son front un signe.

ADAM.

C'est Caïn, ô Seth ! c'est Caïn ... vas, dis-lui qu'il porte ailleurs ses pas, qu'il fuye ma présence : s'il s'obstine à vouloir paroître devant moi, qu'il vienne, je l'ai mérité, c'est Dieu qui l'envoie.

Polynice vient pour demander grace à son père ; Caïn pour se venger du sien.

Œdipe lance les plus affreuses imprécations sur Polynice ; Adam est maudit lui-même par Caïn. Ces deux scènes sont pathétiques & terribles : mais la scène allemande l'est d'autant plus que, contre l'ordre de la nature & des devoirs les plus sacrés, c'est le fils qui se venge de son père, & qui le maudit sur le bord de la tombe. On tremble qu'Adam ne soit maffacré par Caïn , comme le fut Abel. Rien de si frappant que le contrafte de la douleur, de la bonté , de la patience d'Adam ; & de la fureur, du défefpoir , de la vengeance de Caïn. Qui ne feroit effrayé & attendri , lorfque Caïn fait cette apoftrophe terrible à la vengeance : *O vengeance , dont le feu me dévore ! je veux t'affouvir , & voici le jour que j'ai choifi;* lorfqu'il prononce ces paroles foudroyantes : *je veux te maudire ,* & qu'Adam lui répond; *& bien, mon fils, vois-tu cette foffe ? c'eft la tombe de ton père; c'eft là que tu dois me maudire.*

Que le lecteur compare ces deux morceaux , il verra que M. Klopftoct furpaffe fon modèle, &

qu'il invente lorſqu'il imite. C'eſt
ſur-tout dans le dénouement que
le poëte Allemand s'élève au-deſ-
ſus de Sophocle. Celui-ci met en
récit la mort d'Œdipe ; M. K.
la met en action. Dans Sophocle,
Œdipe ordonne à ſes filles de s'é-
loigner ; elles font quelques pas,
il n'eſt déjà plus. Dans M. Klopſtoct . . . ; mais il faut lire, ou
plutôt il faut voir cette ſcène at-
tendriſſante, & fondre en larmes
avec Eve, Seth & Sélime. C'eſt
ici qu'on ſent bien la vérité de
cette réflexion d'Horace,

> Segnius irritant animos demiſſa per aurem,
> Quam quæ ſunt oculis ſubjecta fidelibus.

J'avois donné dans le Journal
étranger du mois de ſeptembre
dernier, un extrait de cette tragédie. Je m'étois alors borné à

traduire les scènes les plus fortes. & les plus touchantes : le succès de cet extrait, l'acceuil favorable que le public fait tous les jours aux poëmes Allemands qu'on transporte dans notre langue ; mais, plus que tout cela ; le mérite singulier de la pièce de M. Klopstoct, m'ont encouragé à la traduire toute entière.

Au reste, je sens bien ce qui manque à ma traduction, & je n'en accuse point la langue dans laquelle j'ai écrit : je ne veux pas qu'on lui reproche d'avoir servi un ingrat ; si j'ai été assez heureux pour jetter quelque force & quelque chaleur dans ma version, tout ce qu'on y trouvera de beau est à M. Klopstoct ; les fautes sont à moi. C'est assez le partage d'un Traducteur.

PERSONNAGES.

ADAM.

CAIN.

SETH.

EMAN, *un des plus jeunes enfans d'Adam.*

SUNIM, *le plus jeune de tous.*

EVE.

SELIME, *petite-fille d'Adam.*

TROIS MERES, *qui mènent pour la première fois leurs fils à Adam.*

L'ANGE *de la mort.*

La scène est dans une cabane, au fond de laquelle est la demeure d'Adam & l'autel d'Abel. C'est devant cet autel qu'Adam offre ses vœux & ses prières à son créateur.

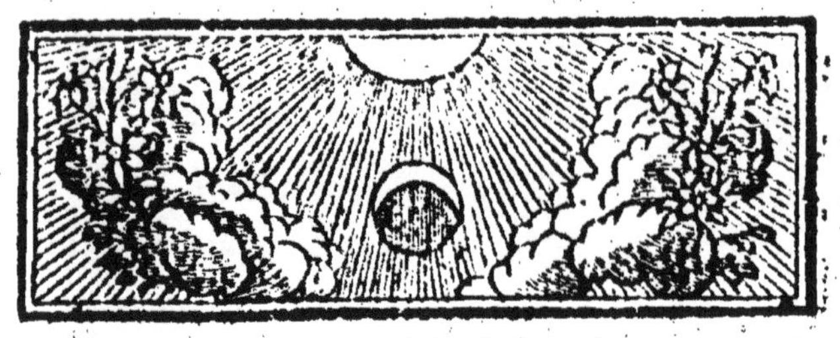

LA MORT

D'ADAM.

ACTE PREMIER.

SCENE PREMIERE.

SELIME & SETH.

SELIME.

Jour heureux ! jour confacré
à l'amour conjugal, que ta lu-
mière eſt pure & vive ! ô combien le plaiſir que je goûte en
ce jour ſurpaſſe tous les plai-
ſirs des autres jours de ma vie ! Eve a
voulu voir elle-même de quelle manière les
jeunes filles embelliſſent ma cabane nuptiale;

aux branches dont elle eſt formée, elle
veut de ſes mains maternelles entrelacer
quelques rameaux. Je viens de cueillir des
fruits exquis ; je les ai poſés ſur l'herbe
tendre, afin que mes frères & mes ſœurs
puiſſent ſe rafraîchir au ſortir de la cabane.
Autour de ces fruits j'ai arrangé des grappes
de raiſin ; la plus belle ſera pour Eman ;
je l'ai cachée exprès ſous des feuilles vertes,
où brilloient encore des gouttes de roſée. O
joie ! ô bonheur ! le ſage, le vertueux Eman
daigne choiſir Sélime ! Eman aime Sélime !
lorſque le ſoleil deſcendra ſous l'horiſon,
les filles d'Adam viendront lui préſenter ,
pour la première fois, ceux de leurs fils qui
comptent déjà trois années, afin qu'il les
béniſſe. Enſuite ce père fortuné , le cœur
rempli de joie & d'amour, nous conduira
lui-même à la cabane , & au lit nup-
tial . . . . . Mais, mon frère, pourquoi ce regard ſérieux ? D'où vient que le ſourire expire ſur vos lèvres ?

S E T H.

Chère Sélime , le ſentiment de ton bonheur pénètre mon ame , cette penſée
l'occupe toute entière ; & je te parois ſérieux ?

S É L I M E.

Mais . . . . vous me parlez . . . . vous me ré-

pondez d'une voix .... qui malgré vous,
mon frère, décèle un chagrin profond.

S E T H.

Ah ! ma sœur, quel secret puis-je avoir pour
toi ? J'avois résolu de me taire ; mais ma
sincérité, tes craintes, ton trouble, tes inquiétudes, tout me force de t'ouvrir mon
cœur. Cependant, que le poids du chagrin
n'accable point ton ame. J'aime si tendrement mon père ... hélas ! tandis qu'à l'entrée de la cabane, tu suivois des yeux Eve
qui s'éloignoit, je l'ai vu prosterné devant
l'autel d'Abel ; la douleur étoit peinte sur son
front : il paroissoit plongé dans de tristes
pensées .... mais l'excès de ma tendresse
m'allarme peut-être sans sujet.

S É L I M E.

Voulez-vous que j'aille le trouver ? Je
prendrai ses mains, je les serrai tendrement
dans les miennes ; j'attacherai sur lui des regards pleins d'amour : je le prierai, je le con-
jurerai de vaincre sa tristesse .... Mon frère,
quel torrent de larmes coule tout-à-coup de
vos yeux ! Ah ! vous me cachez de plus
grands malheurs.

S E T H.

Hélas ! pourquoi n'es-tu pas encore à l'en-

trée de la cabanne ! tu ébranles, tu déchires
mon ame. Je fais de vains efforts, pour
garder mon fecret, il m'échappe. O Sélime,
jamais je n'ai vu notre père tel qu'il vient de
s'offrir à mes yeux. Il paffoit près de moi ;
une horrible pâleur lui couvroit le vifage,
fes pieds chanceloient, il traînoit avec effort fes membres tremblans & fon corps
affoibli ; fes yeux immobiles étoient fixés
fur moi ; & cependant il ne m'a point vu ;
il entre, il porte fes pas vers l'autel ; je
l'entends prier à haute voix ; je le vois frémir & trembler : fes paroles étouffées par la
douleur, ne fortoient de fa bouche, que
rompues par les foupirs. Dès que tu es arrivée, j'ai ceffé de l'entendre. Tu l'as voulu,
Sélime, je ne t'ai rien caché . . . . . Mais,
n'entends-tu point fes pas ? C'eft lui même,
il s'approche.

SCENE II.

ADAM, SETH, SÉLIME.

ADAM.

(à part) QUE vois-je, Seth & Sélime ! *(haut)*
Ce jour est un jour de ténèbres & de terreur.
Il sera brillant pour toi, ma chère Sélime,
Pars, va trouver ta mère, va cueillir des
fleurs avec elle, pour orner ta cabane, &
pour te parer au moment de tes noces. Dis-
lui que c'est moi qui l'ordonne, & que c'est
pour te soumettre aux volontés de ton père,
que tu n'observes pas en ce jour les usages des
épouses nouvelles.

SÉLIME.

O mon père, j'obéis. *(Sélime, en sortant,
exprime par ses gestes & ses regards, sa tendresse & les inquiétudes pour son père).*

SCENE III.

ADAM, SETH.

ADAM.

LA belle ame que celle de Sélime! N'as-tu pas vû, lorsqu'elle a été forcée de s'éloigner, comme les regrets & sa tendresse se peignoient dans ses yeux & dans ses gestes? Que le ciel la comble de ses dons. O mon fils! dans peu je ne la verrai plus. Elle est aujourd'hui ce que fut ma chère Eve dans ce temps heureux où la malédiction n'étoit pas encore tombée sur la terre. Dieu puissant! répands sur elle tes bénédictions. Mais toi, ô mon fils! toi, le meilleur de mes fils, écoute-moi : tu connois, je le sçais, l'Être suprême, Créateur de tous les Êtres; tu adores ses desseins. Tu es homme, & je puis éprouver ta force & ta vertu. Je ne veux rien te cacher.... approche toi ....Seth ..... mon fils ; (*il l'embrasse*) je meurs aujourd'hui.

SETH.

O mon père! ô Adam! ô mon père!

ADAM (*à part.*)

Il est épouvanté, il garde le silence ...

Ah ! bientôt le silence de la mort fermera ma bouche, & pour toujours. (*à Seth*) Reviens à toi, mon fils, ta douleur me pénètre, & je sens que mon cœur se brise ; mais, ô Seth ! tu n'en dois pas moins prêter une oreille attentive à mes paroles. Une voix bien plus épouvantable frappa ton malheureux père, lorsqu'il entendit pour la première fois le nom, le terrible nom de la mort. Toi seul de tous mes enfans, tu me verras mourir ; toi seul, tu me prêteras les derniers secours. Oui, Je suis aussi certain de mourir aujourd'hui, que je fus certain de ma vie le jour que je me levai du sein de la Terre, que j'ouvris les yeux, & que je contemplai le Ciel.... J'étois assis devant ma cabane, je n'étois occupé que de la douce pensée d'unir Eman avec Sélime, & d'assurer leur bonheur : tout-à-coup une secousse violente & plus rapide que la pensée, ébranle tous mes sens. Ce n'étoit point un mouvement de crainte, ou de douleur ; non c'étoit l'approche de la mort. La mort, semblable à un torrent, s'est répandue dans toutes mes veines ; elle a fait trembler tous mes os. A la violence de cette secousse a succédé un engourdissement universel. Si elle eût duré plus longtemps, ma langue seroit enchaînée, comme la tienne l'est à présent, & la douleur

ne m'arracheroit que des fons inarticulés &
confus. O mon fils! ô Seth, mon bien aimé,
& le frère d'Abel! Je ne prétends pas me plaindre de mon fort. La plainte, hélas! n'eſt
pas faite pour Adam. Lorſque j'ai ſenti cette
ſecouſſe terrible, la triſte penſée de la mort
s'eſt élevée dans mon ame. Ah! me ſuis-je
dit, ce jour eſt le dernier de mes jours. Je ne
puis arracher ce noir preſſentiment du fond
de mon cœur. Je ne puis éloigner cette idée
de mon eſprit. La crainte me pourſuit en
tous lieux ; elle circule dans mes veines ;
elle eſt empreinte dans mes yeux.....enfin,
le cruel ſouvenir d'un événement que tu
ignores, eſt un ſurcroît de douleur dont le
poids m'accable dans ce jour affreux. L'arrêt
ſuprême venoit d'être lancé contre moi, &
le premier mouvement de terreur étoit à
peine calmé, lorſque l'Ange de la mort
parut debout devant moi: Adam, me dit-
il, tu me verras encore ; je reviendrai le jour
que le ſens de ta ſentence ſera découvert à
ton eſprit. O mon fils! j'attends avec effroi
cette apparition terrible, & qui ſeroit mille
fois plus redoutable pour moi, ſi elle ne
m'eût pas été annoncée. Lève les yeux, ô mon
fils! lève les yeux au ciel. Le Juge ſuprême
veut bien mêler quelques douceurs à l'amertume de ma triſteſſe. Je ſens que l'horrible

prédiction n'eſt pas encore tout-à-fait accomplie ; je ne comprends pas encore le ſens profond & caché de ſes paroles terribles : *Tu mourras de la mort.* Quel tourment, ô mon fils ! tu en feras témoin. Hélas ! ce n'eſt point la mort que je crains ; des ſiècles entiers ſe ſont écoulés depuis que je m'y prépare, mais j'en dois ſentir toutes les horreurs.

S E T H.

O mon père ! ô ciel ! vous voulez donc mourir ?

A D A M.

O mes enfans ! ô ma chair & mon ſang ! avec quel plaiſir je demeurerois avec vous !

S E T H.

Reſtez donc, ô mon père, vivez au milieu de vos enfans, & ceſſez de vouloir mourir.

A D A M.

O mon fils, mon cher fils, laiſſe - moi ; mon ame eſt attachée à la tienne ; tu lui imprimes tous les mouvemens qui t'agitent. Laiſſe-moi, te dis - je. Adorons enſemble le juge redoutable qui a prononcé ma ſentence de mort.

S E T H.

Sans doute, il faut l'adorer ; mais, mon

père, votre tendresse pour vos enfans est
extrême ; la crainte de vous en séparer ,
vous fait regarder comme un avant-coureur
de la mort cette vive émotion qui pouvoit
naître de la vigueur de votre santé , de cette
santé ferme & robuste , qui a résisté à tant de
siècles.

A D A M (à part).

Que puis-je répondre au plus cher de mes
enfans ? (*haut*) Malheureux que je suis !
l'Ange de la mort est peut-être auprès de
moi ; sa présence inopinée va peut - être
marquer l'instant fatal que je redoute. Ange
terrible éloigne-toi, épargne aux yeux de
mon fils ton aspect redoutable... (*à Seth*)
Mon fils , voilà l'autel d'Abel ; tu vois le
sang dont il est teint ; tourne tes pas de
ce côté , élève tes mains au Ciel ; que le Ciel
exauce tes vœux ! s'il ajoute un seul jour à
mes années, ce jour sera le fruit de tes
prières.

S E T H.

O mon père, je vous obéis.

SCENE IV.

ADAM, *seul.*

Il est parti : mais ses prières fussent-elles
encore plus ferventes, grand Dieu, tu ne
daigneras point les exaucer.... quel sentiment d'horreur se réveille encore au fond
de mon ame ? L'engourdissement cesse, la
terreur & l'effroi s'emparent de mon cœur ;
ils traînent la mort avec eux Oui, je commence à la sentir ; Je porte encore mes pas
tremblans sur la poussière, & bientôt la
poussière couvrira mes membres desséchés.
Mais, si Eve ma bien-aimée, si mes enfans
sont témoins de ma mort ! O pensée effroyable & mille fois plus cruelle que l'image affreuse de mon corps livide & corrompu !
Eve, la plus tendre & la plus chérie des épouses qui existeront jamais sur la terre ; Eve ,
chère compagne qui fus créée avec moi,
peut-être hélas ! dois-tu mourir avec moi :
toi seul tu le sçais ; ô toi qui lanças contre
nous l'irrévocable arrêt dont je vais subir la
rigueur.

SCENE V.

ADAM, SETH.

ADAM

Mon fils, te voilà de retour ; as tu imploré le Tout-Puissant ?

SETH.

Je ne priai jamais avec tant de ferveur ; la tristesse & la terreur ont accompagné mes ardentes supplications.

ADAM.

Écoute, Seth ; si par malheur Eve & ses filles venoient nous surprendre ! hélas ! elles me verroient mourir : vas, mon fils, cours, dis-leur que je vais offrir un sacrifice, & que je veux être seul jusqu'à ce que le soleil s'abbaisse derrière les montagnes voisines.

SETH.

Non, mon père ; non, je ne puis vous abandonner. J'ai toujours été soumis à vos volontés, vous le sçavez ; mais dans ce moment, mon cœur ne peut soutenir l'affreuse idée de s'éloigner de vous. Sélime vient de partir accablée de douleur, & plongée dans l'amer-

tume

tume : elle avoit vu ma triſteſſe ; elle m'a
preſſé de lui en découvrir le ſujet. Je n'ai pu
réſiſter à ſes larmes ; je lui ai peint l'état horrible où mes yeux vous ont ſurpris lorſque
vous vous traîniez vers l'Autel.

A D A M.

Ciel ! elles vont donc venir ; j'y conſens,
je ſuccomberai plutôt à ma douleur.

S E T H.

J'entends quelqu'un, on s'approche, c'eſt
Sélime elle-même.

A D A M.

Quoi, ſitôt ! ô mes enfans ! ô le plus infortuné des pères !

SCENE VI.

ADAM, SETH, SÉLIME.

ADAM. (*à part*)

LA Pâleur de la mort couvre son front ;
tel étoit le visage d'Abel, lorsque je le vis
étendu au pied de l'autel. (*à Sélime*) Ma
fille, d'où vient cet air d'étonnement & de
frayeur ? Calme le trouble de tes esprits.

SÉLIME.

Mon père, si je n'ai pas exécuté vos ordres, daignez me le pardonner : ayez pitié
de votre chère Sélime. J'allois joindre ma
mère & je rappellois dans mon esprit ce que
Seth venoit de me dire, quand tout à coup
j'ai senti dans mon cœur une atteinte im-
prévue ; mes yeux ont été couverts de ténèbres ; l'usage de mes sens a été suspendu ;
& en revenant de ma léthargie, je me suis
trouvée étendue sur l'herbe des champs. Ne
vous irritez point si je n'ai pas été jusqu'à la
cabane , mais plutôt, ô mon père, (*elle
embrasse ses genoux*) dissipez cette tristesse
affreuse. Voulez-vous que j'aille cueillir les
feuilles les plus fraiches ? J'en couvrirai le

siège où vous vous reposez en été : je le pla-
cerai à l'ombre, & là vous verrez tous vos
enfans se rendre auprès de vous.

A D A M.

Leve-toi, Sélime, leve-toi, la plus chère de
mes filles : calme tes inquiétudes ; laisse nous
seuls. Il faut que je parle à Seth de choses
sérieuses. J'ai visité depuis peu les dehors
de la cabane. La vigne ne serpente pas assez
autour de cet ormeau touffu dont tu prends
soin : va, ma fille, tu sçaisque ce bel ar-
bre fait mes délices ; je le préfère à toutes
les plantes qui croissent au-tour de ces lieux ;
va, Sélime, & rassure-toi.

SCENE VI.

ADAM, SETH, l'ANGE de
la mort.

ADAM.

ENCORE un moment, & je ne pouvois
plus lever mes tristes yeux sur elle. Ah !
mon fils, tu ne sçaurois comprendre à quel
point je sens l'excès de mon malheur ! Sélime, cette innocente fleur, qui touche à
son printemps, va bientôt se faner & tomber en poussière. Toutes les filles de ses
filles tomberont en poussiè recomme elle : tu
le] sçais, ô mon fils, toi qui comprenois
mieux que mes autres enfans ce que je ra-
contois des temps qui suivirent de près ma
création. Je mourrai donc, & tous mes
enfans mourront après moi. J'en frisson-
ne d'horreur. O tourment affreux ! ô pensée accablante ! tu pèses plus sur mon cœur
qu'un énorme rocher. Va, mon fils, n'épar-
gnes rienpour consoler ta sœur : pour moi,
je vais creuser près de l'autel d'Abel, la
tombe où tu déposeras ma dépouille mortelle.

SETH.

Non, mon père, je ne vous abandonne point, non vous ne creuserez point votre tombeau. Je vous en conjure au nom du Tout-Puissant ; mon père, ne creusez point votre tombeau.

ADAM.

Abel repose ici, & j'y reposerai avec lui. Aimez-vous mieux, mon fils, voir mon corps, en proie à la corruption, tomber en lambeaux sous vos yeux ?

SETH.

Dieu terrible ! à quelle épreuve nous as-tu réservés ?

ADAM.

La terreur & l'effroi descendent de son trône & m'environnent de toutes parts ; je ne puis plus jetter les yeux sur toi ; je suis forcé de détourner mes regards. Oh ciel ! quelle secousse violente ébranle mes os & mes nerfs ! jour ténébreux ! jour épouventable ! entends-tu, mon fils, entends-tu le tremblement des rochers . . . . ? Il porte ici ses pas . . . . il s'avance vers nous . . . . tu l'entends. La colline qui touche à la cabane, s'agite avec violence. Déjà l'Ange terrible s'arrête ; le vois-tu, mon fils !   *Le théâtre s'obscurcit.*

S E T H.

Entouré des ombres & des horreurs de la nuit, je ne vois rien; mais je prête l'oreille.

A D A M.

Ecoute moi donc; écoute l'Ange fatal. Je sens ton approche, ministre de douleur; Ange de la mort, Ange exterminateur, me voici.

L'A N G E *de la mort.*

Homme formé de terre, voici ce que dit ton créateur : avant que le soleil ait franchi la forêt des cèdres, tu mourras de la mort . . . . La mort de tes descendans sera, tantôt un paisible sommeil, tantôt un trépas douloureux ; pour toi, tu mourras de la mort. A ce dernier moment, tu seras encore averti de mon approche ; je porterai mes pas sur ces mêmes rochers ; je les ébranlerai jusques dans leurs fondemens, ton œil sera couvert de ténèbres, tu ne verras rien ; mais le tremblement du rocher : un bruit semblable à l'éclat du tonnerre frappera ton oreille, avant que le soleil ait franchi la forêt des cèdres.　　　　*L'Ange disparoît.*

A D A M.

Ange redoutable, dis à mon créateur & à mon juge que je l'adore, que je m'ap-

prête à subir mon arrêt ; mais, daigne le
conjurer d'adoucir mon agonie.

S e t h.

O mon père ! je veux mourir avec vous.
Pourquoi vous séparez-vous de moi ? où al-
lez vous ?

A d a m.

Adorer l'Eternel.

S C E N E V I I I.

S E T H *seul.*

O DOULEUR trop amère ! douleur inexprimable ! tu me déchires le cœur, tu m'entraines dans la tombe de mon père. O toi le premier & le meilleur de tous les pères ! Père de tous les enfans qui reposent sur le sein de leurs mères, & de ceux qui naîtront dans la suite des siècles ! Helas ! les miens ne verront pas tes cheveux blancs. Jour de mort ! jour de la mort de mon père ; tu n'as précipité ton arrivée, que pour éprouver si je crains, si j'adore l'Eternel.... J'irai avec Adam, j'irai me prosterner avec lui au pied de l'autel ; ce bras tremblant l'aidera , s'il en a la force , à creuser son tombeau : son tombeau ! le tombeau de mon père !.... *avant que le soleil ait franchi la forêt des cèdres !* ô parole terrible ! ô vengeance épouvantable.

Fin du premier acte.

ACTE II.

SCENE PREMIERE.

ADAM, SETH.

A D A M *appuyé sur l'autel devant sa tombe.*

Que l'aspect de cette terre est effroyable, &
mon fils ! non, ce n'est plus cette terre fertile,
où je voyois éclorre de toutes parts les rose
odoriférentes, où les cèdres jettent leurs
racines profondes. C'est ici que je dois re-
tourner en poudre, moi qui fus créé par
la main toute-puissante de l'Eternel ; moi
qui ne suis pas né d'une femme mortelle !
je sens, je sens que le moment fatal n'est pas
loin. mes yeux s'obscurcissent ; mon bras est
tremblant, mon pied se meut à peine, je
respire avec effort. Le sceau de la mort est
profondément gravé dans les réplis les plus
secrets de mon corps ; au froid mortel qui
se glisse dans mes veines, à la tristesse qui

D v

me ferre le cœur, je fens que je meurs de la mort. Ce n'eft plus le fommeil qui s'empare de mes fens. A chaque inftant les ténèbres s'épaiffiffent fur mes yeux. Viens, mon fils, avant que le monde s'anéantiffe pour moi, je veux profiter de la foible lumière qui me refle, & promener mes derniers regards fur une efpace plus vafte que cette tombe. Ouvre la cabane du côté qui regarde le jardin d'Eden. Que mes yeux contemplent encore une fois ce féjour délicieux, que je refpire encore une fois l'air de la vie.

S e t h.

Voilà les montagnes d'Eden.

A d a m.

Je ne les vois plus : peut-être le foleil eft-il enveloppé de nuages.

S e t h.

Les nuages font épais, mais ils ne cachent pas tout l'éclat du foleil.

A d a m.

Eft-il encore loin de la forêt des cèdres ?... Mais non, ne me le dis pas, je te le demanderai bientôt.

S e t h.

Le voilà qui fe cache fous un voile de nuées.

A D A M.

Hélas, quand même il se montreroit encore dans tout son éclat, quand sa lumière seroit plus pure encore....; c'en est fait, je ne le reverrai plus. Retournons à mon tombeau ; je ne veux plus en détourner mes yeux. Viens, mon fils, soutiens-moi.

S E T H.

Ah ! mon père.

A D A M, (*tournant les yeux du côté d'Eden.*)

Beaux lieux, champs fortunés, montagnes superbes où mille fontaines jaillissent , où mille sources tombent en cascades ! vallons toujours couverts d'un ombrage frais & délicieux ; & vous, enfans des monts & des vallées, plantes innombrables qui courbez votre tête docile sous le pied du voyageur, ou qui l'élevez fièrement dans les airs : heureuses & fertiles campagnes qui me fûtes si chères, où j'ai coulé des jours si fortunés, où j'ai vu tous mes enfans & tant d'êtres vivans rassemblés au-tour de moi ! jardin d'Eden, agréable séjour de toutes les délices....! ah ! je ne puis, sans répandre des pleurs, me rappeller le souvenir de tes charmes ; lieux sacrés ! je ne veux plus vous profaner par mes larmes. Dans ce jour , le dernier de mes jours, je vous dis adieu, je vous dis un éternel adieu. Hélas ! vous conserverez à jamais la trace des malheurs qu'entraîna fur vous & fur moi la malédiction célefte : mon fils, éloignons nous de ces lieux ; je diftingue à peine la terre du fleuve qui l'arrofe. Ah ! quel fupplice pour mon cœur, lorfque mes triftes yeux, fermés tout-à-fait à la lumière, ne reconnoîtront plus le meilleur de mes fils (*à part*). Mais tout fon corps friffonne ; je dois raffermir fon courage (*haut*) : mon fils, je tremble que Sélime n'arrive ; je ne pourrois foutenir le fpectacle de fa douleur.

S E T H.

Mon père, je ne vous cacherai rien. J'ai cru voir Sélime inquiete, égarée ; fes pas erroient à l'avanture ; un moment elle a paru fur la porte de la cabane ; bientôt elle y eft entrée.

A D A M.

Crois-tu que je puiffe lui cacher l'horreur de mon état ? Les fignes de la mort paroiffent-ils fur mon front ? Tu détournes les yeux.

S E T H.

Chaque mot qui fort de votre bouche eft un nouveau trait qui me perce le cœur ; ô mon père ! une horrible pâleur couvre votre

viſage. Je n'ai point vu mourir Abel, mais
j'ai vu expirer, à la fleur de ſes ans, un
tendre enfant dont vous avez ignoré le ſort
funeſte.

A D A M.

Je trouverai donc auprès d'Abel un autre
de mes fils. Ah ! de combien de mes enfans
ne m'aura-t-on pas caché la mort ? Mais dis-
moi, mon fils, celui que tu vis expirer ,
craignoit-il le Tout-Puiſſant ?

S E T H

Son ame étoit pure & ſans taches ; la mort
peinte ſur ſon viſage, n'avoit rien d'eſtrayant,
&, lors même qu'il expiroit , un ſourire céleſte embelliſſoit ſa bouche : mais hélas ! dès
qu'il fut mort, mes yeux ne purent plus ſup-
porter ce ſpectacle touchant ... mon père,
voilà Sélime.

A D A M.

O père malheureux ! Sunim, le plus jeune
de mes fils a diſparu, & c'eſt en vain qu'on
l'a cherché.

SCENE II.

SÉLIME & *les autres.*

SÉLIME.

JE reviens de nouveau, mon père, malgré vos ordres, & j'implore votre bonté paternelle; daignez m'écouter, je vous en conjure. Un homme.... je n'en avois jamais vu de semblable... il erre autour de la cabane, il me menace, c'est à vous qu'il veut parler; j'en suis encore épouvantée. Sans doute, il existe en d'autres lieux une race d'hommes qui ne sont pas vos enfans; non certainement, il n'est pas fils d'Adam.

ADAM.

Son air? ses traits?

SÉLIME.

Sa taille est grande, son air est menaçant; il a les yeux creux & le regard terrible; il est couvert d'une peau luisante & tâchetée : il porte dans sa main une lourde massue toute hérissée de nœuds : son visage est pâle & brûlé du soleil. Mais hélas! sa pâleur ne res-

femble point à la votre. Ah mon père ! mon
père.

A D A M.

Son front étoit-il découvert ?

S É L I M E.

A peine ai-je ofé lever fur lui mes timides
regards, mais j'ai entrevu fur fon front un
figne . . . . que je ne puis décrire . . . ; je ne
fçais quoi de terrible & de foudroyant. . . .

A D A M.

C'eft Caïn, ô Seth, c'eft Caïn ! le Seigneur
l'envoye pour me rendre la mort plus amère..
va, Seth, va voir s'il eft vrai que Dieu l'ait
envoyé ; dis-lui qu'il porte ailleurs fes pas :
dis-lui qu'il fuie ma préfence. S'il s'obftine
à vouloir paroître devant moi , qu'il vienne ; c'eft Dieu qui l'envoye : je l'ai bien
mérité. Mon fils , couvre cet autel , afin
que le fang de fon frère maffacré ne bleffe
point fes yeux.

SCENE III.

ADAM, SÉLIME.

SÉLIME.

Mon père, pourquoi cette foffe nouvelle-
ment creufée au pied de l'autel ?

ADAM.

Ma fille, n'as-tu jamais vu de tombeau ?

SÉLIME.

Un tombeau, mon père !

ADAM (à part).

O jour trop amer ! Caïn va bientôt paroitre,
& Sélime eft ici.

SÉLIME.

Mon père, daignez me répondre ; êtes-
vous irrité contre Sélime ? Hélas ! il fut un
temps ou vous m'appelliez votre chère Sélime.

ADAM.

Tu l'es encore, tu es ma fille bien-aimée.

SÉLIME.

Vous difiez tout-à l'heure que Ca n étoit
venu pour vous rendre la mort plus amère :

hélas! je respire à peine, & ma voix s'éteint•
Ah , mon père, quoi ! voulez-vous déjà
mourir ?

A D A M.

Ma fille, ne t'afflige pas ; nous sommes
sortis de la poussière, & nous retournerons
en poussière. Ainsi Dieu l'a prononcé lui-
même ; tu le sçais, ma fille : long-temps
àvant que tes yeux fussent ouverts à la lumière, l'âge avoit blanchi mes cheveux...•
Mais, si Caïn.....

S É L I M E.

Ah ! mon père (*elle embrasse ses genoux*) ;
par votre tendresse paternelle , par cet amour
que vous eûtes pour Abel , & qu'Eman &
Seth partagent aujourd'hui ; par ces tendres
enfans qui seront bénis aujourd'hui de votre
main ; je vous en conjure , vivez , ô mon
père , ne mourez pas encore.

A D A M.

O fille trop chère à mon cœur , leve-toi,
les voici.

SCENE IV.

ADAM, CAIN, SETH, SÉLIME.

CAIN.

Est-ce Adam que je vois ? Adam, tu ne pâlissois pas autrefois à l'aspect des hommes que ton crime a rendus malheureux.

ADAM.

Arrête, regarde cette jeune fille dont les yéux sont remplis de larmes ; Respecte sa douleur, & ne souille point son innocence par tes blasphèmes.

CAIN.

Son innocence ! en est-il resté sur la terre depuis qu'Adam a eu des enfans ?

ADAM, (à *Sélime*)

Retire-toi , Sélime ; Seth te rappellera quand il en sera temps.

SCÈNE V.

ADAM, CAIN, SETH.

ADAM.

Caïn, pourquoi m'as-tu désobéi ? pourquoi viens-tu dans ce séjour de paix ?

CAIN.

Dis-moi d'abord quel est celui qui m'a amené devant toi ?

ADAM.

C'est Seth, c'est mon second fils.

CAIN.

Traite moi sans pitié; je n'en demande point. C'est ton troisième fils; Eh bien, Adam, je suis venu pour me venger de toi.

SETH.

Cruel! tu veux donc à mes yeux égorger ton père de tes propres mains.

CAIN (à Seth).

Avant que tu fusses né, j'étois déjà malheureux; laisse nous parler. Mon père, je n'en veux point à vos jours.

ADAM.

Et de quoi prétends-tu te venger?

CAIN.

De m'avoir donné la vie.

ADAM.

O le premier né de mes enfans! est-ce là ce qui excite ta vengeance?

CAIN.

Oui, je veux me venger du meurtre que j'ai commis, du meurtre d'Abel, dont le sang s'éleve vers le ciel, & crie vengeance contre moi; je veux me venger d'être le plus malheureux de tous les enfans qui sont nés & de tous ceux qui doivent naître un jour. Accablé de mon crime & de ma misère, errant & vagabond, je porte mes pas de tous côtés, sans trouver de repos sur la terre, & sans espoir d'en trouver dans le ciel; voilà, voilà de quoi je veux me venger.

ADAM.

Avant que je t'aye ordonné de ne jamais paroître devant moi, ta bouche a vomi cent fois les mêmes reproches. J'y ai répondu, mais tes paroles n'avoient jamais frappé mon cœur aussi vivement que dans ce jour, le plus cruel, le pius horrible de mes jours.

C A I N.

Je ne fus jamais satisfait de tes réponses. Si, dans ce jour, la force de la vérité pénètre plus avant dans ton cœur, ne crois pas que je borne là ma vengeance. Juste compensatrice des maux que j'endure ; ô vengeance, dont le feu me dévore ! je l'ai juré depuis plusieurs siècles ; je veux t'assouvir : voici ton jour.

S E T H.

Malheureux ! si la fureur ne trouble point tes sombres regards, jette les yeux sur ces cheveux que le temps a blanchis.

C A I N.

Eh que m'importe ! je suis le plus malheureux de ses enfans ; il m'a donné cette vie que je traîne dans la misère, & je veux l'en punir : je ne vois, je ne sens que mon malheur & mon désespoir. Je veux me venger.

A D A M (à Seth).

C'est son juge & le mien qui l'envoye. (à Caïn) Et comment veux-tu te venger de moi ?

C A I N.

Je veux te maudire.

A D A M.

O mon fils, c'en est trop, ne maudis point

ton père ; je t'en conjure au nom de la misé-
ricorde & du pardon que tu peux encore es-
pérer ; ne maudis point Adam.

CAIN.

Je veux te maudire.

ADAM.

Eh bien, approche, je vais te montrer la
place où tu dois lancer ta malédiction sur
moi ; viens, suis mes pas, regarde ce tombeau, c'est le tombeau de ton père ! c'est là
que tu dois le maudire : je meurs aujourd'hui ;
l'Ange de la mort est venu me l'annoncer.

CAIN.

Et quel est cet autel ?

SETH.

O Caïn, ô le plus scélérat & le plus infortuné de tous les hommes ! cet autel est l'autel
d'Abel ; vois le sang dont il est teint : c'est le
sang de ton frère.

CAIN.

Je vois du sein de l'abîme, le courroux &
la fureur s'élever contre moi. Cet autel, ce
fatal autel m'écrase de son poids, comme un
rocher énorme..... où suis-je...? Où est
Adam...? prête l'oreille, ô Adam ! ma malédiction commence à tomber sur toi dans ce

jour, le dernier de tes jours ; que l'agonie
dont tu feras accablé, puiſſe raſſembler les
horreurs de toutes les agonies ; que l'horrible image de la corruption préſente à ton
eſprit . . .

A D A M.

Arrête, ô le premier né de mes fils ! arrête :
ô ſentence de mort prononcée contre moi !
voici le moment où je comprends tout le ſens
que tu renfermes ; ceſſe , mon fils , ceſſe d'ir-
riter ma douleur & mes maux.

C A I N.

Malheureux ! qu'ai-je fait ? J'ai verſé le ſang
de mon père ; où ſuis-je ? qui m'arrachera de
ce lieu funeſte où j'entrevois encore un rayon
de lumière ? qui me précipitera dans la nuit
de l'abîme ? Mais, je vois mon père ! eſt-ce
lui ? eſt-ce une ombre , un fantôme ? ah mon
père , détourne tes regards ; ah, qui m'en-
traînera loin de toi ?

SCENE VI.

ADAM, SETH.

ADAM.

Ses cris ont pénétré jusqu'au fond de mon ame ; va, Seth, suis ses pas : hélas ! il est aussi mon fils. Va, dis lui qu'il n'a point porté ses mains sur moi, que je lui pardonne sa fureur ; garde toi sur-tout de lui rappeller que ce jour est le jour de ma mort.

SCENE

SCENE VII.

ADAM (*ſeul*).

Quel eſt donc le ſentiment que j'éprouve ? ma miſere eſt au comble, & je ſuis plus tranquille ! ô tourmens que j'ai endurés, pourriez vous croître encore à l'approche de ma mort ? Ah ! s'il eſt vrai, embraſſe toutes les puiſſances de mon ame, calme mortel ; enchaîne tous mes ſens, & conduis moi au tombeau, comme une victime que l'on mene à l'autel, entourée de guirlandes. O froid ſépulchre, qu'habitent le ſilence & la mort...! bientôt tu me recevras dans ton ſein comme un voyageur fatigué de ſa courſe. Et toi, belle ame, ame céleſte de mon fils Abel, peut-être erres-tu en ce moment au-tour du tombeau de ton père. Ah ! mon fils, ſi tu fus préſent lorſque le Tout-Puiſſant chargea l'Ange redoutable de m'annoncer l'heure de ma mort, viens au-devant de mon ame, lorſqu'elle s'échappera de mes lèvres glacées & de mes yeux éteints. Hélas ! ta mort, ô cher Abel, fut bien différente de la mienne ; baigné dans ton ſang, tu ne pouſſas que trois gémiſſemens, & ta mort fut l'image du ſommeil.

E

SCENE VIII.

SETH, ADAM.

SETH.

J'AI rejoint Caïn ; il étoit étendu sur la ter_
re : du plus loin qu'il m'a vu , il a levé la
tête, il s'est écrié, je me meurs ; apporte-moi
de l'eau de cette fontaine pour éteindre la soif
qui me brûle. Je puise de l'eau , je la lui présente , il se désaltère : alors je lui ai adresse
les paroles dont vous m'aviez chargé. Il se
leve tout à coup , il fixe ses regards sur moi,
il sembloit vouloir pleurer , mais les larmes
se refusoient à ses yeux. Il est mon père, m'a-
t-il dit enfin , il me pardonne , eh bien, que
le ciel lui pardonne aussi.

ADAM.

C'en est assez , mon fils.

SETH.

Mon père , vous me paroissez tranquille.

ADAM.

Je le suis en effet.

SETH.

Je ne sçais moi-même ce qui se passe au

fond de mon cœur ; le calme y renaît : est-ce
langueur ? est-ce une force surnaturelle qui
me soutient ?

A D A M.

Eprouvons, mon cher fils, si cette tran-
quilité a jetté des racines profondes dans notre ame, ou si elle est fausse & trompeuse :
réponds moi, Seth, en revenant ici, as-tu vu
le soleil ?

S E T H.

Il étoit à demi couvert de nuages, & il a
déjà fait la plus grande partie de son cours.

A D A M.

Déjà ! mon fils, leve les yeux, regarde si
les nuages s'éclaircissent & se dissipent . . . . ;
vois si ta mère arrive . . . hélas ! je me sens
encore accablé d'une tristesse mortelle. Malheureux, si je la revois ! plus malheureux
encore, si je suis condamné à ne la revoir
jamais. Que faire ! l'appellerai-je ? lui ferme-
rai-je l'entrée de la Cabane ?

S E T H.

Les nuées sont toujours épaisses, & je ne
vois point paroître ma mère.

A D A M.

Que puis-je faire ? Je m'abandonne à la volonté de cet Etre suprême qui régla le cours
du soleil, & qui dicta lui-même à l'Ange de

la mort, l'arrêt qu'il m'a prononcé. Que sa volonté s'accompliffe, ô mon fils, le premier né de mes fils, puifque Caïn m'a maudit, & qu'Abel ne vit plus. Quand la pefante vieilleffe courbera ton corps, & que tes cheveux blancs ombrageront ta tête, les enfans de mes enfans & mes arrières neveux fe raffembleront autour de toi, ils te diront; ô vous qui avez vu mourir notre père Adam, dites nous quels furent les dernières paroles que fa bouche prononça dans fes derniers momens; tu leur repondras (hélas! mon cœur fe déchire); tu leur répondras : peu de temps avant fa mort, il s'appuya fur moi & s'écria; ô mes enfans! la même malédiction, cette malédiction terrible qui me pourfuit, va vous pourfuivre également; c'eft moi qui l'ai attirée fur vos têtes. L'Etre tout puiffant qui m'avoit créé immortel, plaça devant moi la vie & la mort; je pouvois choifir : infenfé que j'étois! je voulus être plus qu'immortel, & je choifis la mort… Mais, qu'entends-je? Les montagnes retentiffent de hurlemens affreux & de cris lamentables; une triffeffe muette & profonde habite les vallées; ô fpectacle affreux! le père enfevelit fa fille; la mère prépare un cerceuil à fon fils. Plus loin, des enfans éplorés rendent les devoirs funèbres à leur mère…. c'eft une veuve défolée qui

embrasse le corps glacé de son époux …. je
vois une tendre sœur arroser de ses larmes le
tombeau de son frère … un ami malheureux
couvre de terre son ami qui n'est plus ; l'é-
pouse future creuse une tombe à son futur
époux …: ô mes enfans ! si mon tombeau
se présente à vos yeux, n'en détournez point
vos regards ; ne maudissez point ma cendre &
ma mémoire. Que plutôt le souvenir de votre
père infortuné, que l'aspect de sa tombe excite votre pitié : me la refuseriez-vous, lorsqu'un Dieu, qui daignera se faire homme,
un Dieu qui sera un jour l'espérance, la joie
& le salut du genre humain, a eu lui-même
pitié de moi. Dis-leur, mon fils, que sans ce
rédempteur j'eusse été écrasé sous le poids
horrible de ma mort, & anéanti aux yeux
du Créateur.

(*Il s'assied sur l'autel auprès de sa fosse*).

S E T H.

Sa tête se panche, ses yeux se ferment ;
hélas ! il meurt. O Adam ! ô mon père ! res-
pirez vous encore ?

A D A M.

Laisse moi ; je goûte je ne sçais quelle douceur au milieu des atteintes de la mort ….
voici mon dernier sommeil.

E ij

S E T H.

Comme il s'endort tout d'un coup ! quel
doux sommeil ferme ses yeux ! je veux cou-
vrir cette tête sacrée. O le meilleur des pères ! non , je ne maudirai point vos cen-
dres .... Mais, que vois-je ? hélas ! le soleil touche à la fin de sa carrière .... quel
autre objet frappe ma vue ? seroit-ce ma
mère ? elle ne vient jamais seule ; ses enfans
l'accompagnent toujours ... c'est elle ....
c'est elle-même.... Mon cœur se brise de
toutes parts ; accablé sous le poids de ma
propre douleur, je sentirai bientôt de plus
vives atteintes. Je me retire pour ranimer
mon courage abbatu , & pour me préparer
à ce dernier & terrible coup.

Fin du second Acte.

ACTE III.

SCENE PREMIERE.

EVE *d'un côté*, SÉLIME *de l'autre.*

SÉLIME.

Voila ma mère infortunée qui s'approche ?
mes yeux ne pourroient jamais soutenir son
aspect. (*elle sort*)

EVE.

Quelle solitude ! quel silence ! où est
Adam ? que fait Seth ? où trouverai-je Sélime ? où sont-ils ? Qu'ils paroissent ; qu'ils
partagent ma joie & mon bonheur. O jour
heureux ! ô la plus fortunée de toutes les
mères !

Eiij

SCENE II.

SETH, EVE.

SETH, (*sans être vû de sa mère*)

O douleur funeste ! douleur de sang ! ne te peins point sur mon visage. Puissances célestes, donnez moi la force de soutenir sa présence.

EVE.

Je vois mon fils Seth : ô mon fils, je suis la plus fortunée de toutes les mères. Où est Adam ? Non, rien ne peut égaler les transports de joie que j'éprouve.

SETH.

Mon père repose.

EVE.

Où repose-t-il ? que je l'éveille, que je lui fasse part de mon bonheur.

SETH.

A peine le sommeil a-t-il fermé ses yeux ; ma mère, je vous en conjure, laissez le jouir encore de quelques momens de repos.

E v e.

Non ; je cours à lui : il faut que je l'é-
veille. O joie ! ô bonheur !

S e t h.

Encore une fois, ne troublez point son
sommeil ; ce n'est plus moi, c'est lui qui
vous en prie : il m'a chargé de vous le dire.

E v e.

Son sommeil ne sera pas long ; il sera trou-
blé par les transports de la joie la plus vive.
Adam se réveillera bientôt, j'en suis sûre :
ah ! mon fils ; j'ai retrouvé le plus jeune de
tes frères , j'ai retrouvé Sunim. Il y a
long-temps que nous pleurions sa perte ; il
s'étoit égaré dans un désert , en cherchant les
cabanes de ses frères. Un miracle lui a conservé la vie, un miracle nous le ramène...
mais, je veux qu'il raconte tout lui-même à
son père. O Sunim! comme ton cœur doit
palpiter dans ton sein ! quelle doit être ton
impatience de revoir & d'embrasser ton père !
c'est moi qui l'ai retenu. Il viendra accompagné des trois mères qui conduisent avec
elles trois jeunes enfans , tendres fleurs qui
font notre espérance : à tant de plaisirs j'a-
jouterai celui de conduire Sélime à la cabane
nuptiale. O mes enfans ! nul de vous ne pen-

foit que Sunim dût porter devant vous la torche nuptiale.

S E T H.

O la plus tendre & la plus aimée de toutes les mères !

E v e.

Mais, pourquoi ces regards triftes & fombres ? pourquoi ne mêles-tu pas ta joie à la mienne ?

S e t h.

Les fentimens divers qui rempliffent mon cœur, répandent fur mon vifage un air d'étonnement qui reffemble à la triftesse.

E v e.

Mais, j'apperçois les trois mères qui s'approchent ; je cours réveiller Adam.

S e t h *(à part, levant les yeux au Ciel)*.

O mère malheureufe ! *(à Eve)* Adam n'eft pas où vous le cherchez.

E v e.

Où eft-il donc ? où s'eft-il endormi ?

S e t h.

Près de cet autel.

E v e.

C'eft auprès de l'autel d'Abel qu'Adam repofe ?

SETH.

C'eſt là où il s'eſt préparé lui-même un lieu
de repos ; c'eſt là qu'il veut déſormais ſe li-
vrer au ſommeil.

SCENE III.

EVE, ADAM, SETH.

Eve lève une natte qui couvre le devant de l'autel.

CET autel nourrit la douleur profonde qu'il reſſent de la mort d'Abel … d'où vient, mon fils, qu'il s'eſt couvert le viſage ? pourquoi aⱽz vous creuſé la terre en cet endroit ? Adam a-t-il cherché les triſtes reſtes de ſon fils ? Hélas ! ce ſpectacle affreux lui donnera la mort. Mais, ô Seth ! ô mon fils ! tu ne réponds rien.

SETH.

Ma mère, ce que vous regardez … eſt un tombeau.

EVE.

Couvre ces offemens ; ne me montres point les offemens de mon fils : mon cœur ſe briſeroit à cet aſpect.

SETH.

Ils ne ſont point ici.

EVE.

Hélas ! ils ſont donc réduits en pouſſière ?

Seth, mon fils, ton père dort d'un sommeil pénible; son sein est agité. … ô dieu! ses mains sont teintes d'une couleur livide.

S e t h *(à part, en regardant le soleil)*.

Déjà si près de la forêt des cèdres . . . *(à Eve)* ô ma mère! ô mère si chère à mon cœur! je ne peux plus me taire *(il se couvre le visage)*; voilà la tombe d'Adam, voilà la tombe de mon père : il mourra avant que le soleil ait franchi la forêt des cèdres. Il a vu l'Ange de la mort, je l'ai entendu moi-même; il reviendra, il reviendra dans peu : alors le rocher voisin s'ébranlera, alors….

Eve tombe évanouie de l'autre côté de l'autel.

A d a m *se réveille & se découvre le visage.*

Que mon sommeil a été douloureux! ô sommeil! tu seras plus doux sans doute, lorsque je fermerai pour jamais les yeux dans cet asyle. Quoi! mon fils, tu a conduis ici Sélime? console-toi, ma chère Sélime, console-toi, ta mère vit encore.

E v e.

Je suis. … ah! cher Adam, si tu peux reconnoître encore les sons de ma voix éteinte & tremblante, écoute moi, je ne suis point Sélime.

ADAM.

O mort, mort terrible dont je dois être frappé ; je sens maintenant toutes tes horreurs.

SETH (*en lui embrassant les genoux*).

Vous mourez donc, ô mon père !

ADAM.

Le rocher a-t-il tremblé ?

SETH.

Pas encore.

EVE.

Mon fils, soutiens-moi, conduis moi vers ton père. Adam, me reconnois-tu ?

ADAM.

Je te reconnois au son de ta voix, mais à peine puis-je démêler tes traits.

EVE.

L'Ange de la mort n'a-t-il pas joint mon nom au tien ? ne mourrai-je pas avec toi ? Hélas ! tu le sçais, cette espérance fut dans mes jours de douleur ma plus douce consolation : eh quoi ! n'ai-je pas été créée avec toi ? faudra-t-il que seule, abandonnée, je survive à ta mort ?

Adam.

O la plus aimée de toutes les épouses ! ô femme plus chère à mon cœur dans ce jour affreux & terrible ! Eve ma bien aimée, toi qui fus jadis créée avec moi, mes yeux n'ont plus la force de te voir ; mais hélas ! ils s'ouvrent encore pour verser des larmes : laisse-moi ; tes regards & tes plaintes sont pour moi plus insuportables que la mort même.

Seth (*à part*).

O ciel, voici les trois mères qui s'avancent.

Adam.

Quel bruit entends-je ? qui porte ici ses pas ?

Seth.

Ce sont les trois mères, Eman est avec elles.

S C E N E IV.

ADAM, EVE, SETH.

Les trois mères avec leurs enfans ; SUNIM d'un côté, SÉLIME & EMAN de l'autre.

S É L I M E.

JE les accompagne & j'entrerai avec elles.

E M A N.

Je ne me séparerai point de toi, ma chère Sélime ; hélas ! je ne puis le croire encore.

Une mère.

Viens, Sunim.

La seconde.

Que vois-je ?

La troisième.

Est-ce là notre père ?

A D A M.

Seth, mon fils, va-t'en au-devant d'elles.

SETH *aux trois mères.*

Ne me regardez point en face ;
La première se couvre le visage, la seconde détourne ses regards, la troisième se panche sur son jeune enfant.

vous m'ôtez la force de vous parler. Il y a
déjà long-temps que mon cœur reffent la
douleur mortelle que je vous annonce dans
ce moment. Adam meurt en ce jour, il mourra
avant que le foleil foit defcendu jufqu'aux cèdres. Il a vu l'Ange de la mort; cet Ange terrible doit revenir une feconde fois. Quand le rocher qui touche à la cabane fera ébranlé,
Adam ne fera plus : voilà fa tombe. O mères !
détournez les yeux & ne regardez pas la
tombe de mon père.

A D A M.

Quelle eft cette voix qui s'éleve & que je
diftingue au milieu des gémiffemiens & des
fanglots ? elle ne m'eft pas connue ; ce n'eft
point la voix d'Eman, ni de Sélime, ni
d'aucune des mères.

S E T H.

O mon père ! goutez encore quelque douceur dans les derniers inftans de votre vie ;
cette voix eft la voix de Sunim : votre fils
Sunim a été retrouvé.

A D A M.

Je fçais que mon fils Seth ne m'a jamais
trompé pendant ma vie ; me tromperoit-il
à l'heure de ma mort, pour me faire éprouver encore un fentiment de joie ; mon fils,

mon cher fils, il n'est plus de plaisir pour moi sur la terre.

SETH.

Mon père !

ADAM.

Mais, pourquoi Sunim garde-t-il le silence ? qu'il me fasse entendre sa voix.

SETH.

L'excès de sa douleur lui ôte l'usage de la parole.

ADAM.

Qu'il approche, afin que je touche son visage & ses cheveux.

SETH.

Le voilà.

ADAM (*à Sunim qui embrasse ses genoux*).

Oui, je te reconnois, tu es Sunim, tu es mon fils.

SUNIM.

Je suis Sunim.

ADAM.

Approche-toi de ta mère, mon cher fils.

EVE *à Sunim*.

Va plutôt auprès de ton frère ; hélas ! infortuné Sunim, tu n'as plus de mère.

S ɪ T H.

O Sentence de mort prononcée contre eux !
(*à Sunim*) laisse-moi , Sunim , je serai
bientôt avec toi . . . ô mon père ! il faut vous
l'annoncer puisqu'il ne nous reste plus d'espoir en ce jour , & que notre douleur est à
son comble : mon père , le soleil s'abaisse ,
les cèdres commencent à le dérober à nos
yeux ; ô mon père ! bénissez-nous.

A D A M.

Quoi ! déjà le soleil touche à la forêt des
cèdres . . . viens donc , ô mort ; approche ,
je t'attends ! ô mes enfans ! comment vous
bénirois-je , moi par qui la malédiction est
tombée sur la terre ? Que votre Créateur
vous bénisse.

Tous ensemble.

Nous vous en conjurons , bénissez-nous.

A D A M.

La Bénédiction est loin de moi , je ne puis
vous la donner. Un nouveau sentiment de
douleur me déchire le sein , mille pensées
funestes l'accroissent ; l'image des premiers
jours de ma vie se présente à mon esprit , &
m'offre un contraste qui m'accable : le souvenir de ma première immortalité se réveille
dans mon ame & me fait frémir. Où suis-je

entraîné ? Les ténèbres tombent de mes yeux ;
hélas ! elles ne se dissipent que pour me
découvrir de vastes campagnes couvertes de
membres sanglans … cadavres affreux ; ah !
détournez de moi vos terribles regards.
J'entends tes cris , ô sang d'un homme
livide & massacré ! j'entends tes cris ,
sang horrible , sang épouvantable : change
ton cours , fuis loin de moi ; que les montagnes renversées te couvrent à jamais de
leurs vastes débris… . Quelle est cette mère
qui frappe son sein? elle jette des cris per-
çans vers le ciel ; quel est ce tendre enfant ?
la mort habite sur ses lèvres… . hélas! c'é-
toit son fils unique… . des membres déchi-
tés , une tête sanglante … ! objets terribles ,
fuyez loin d'ici… . mes enfans , ayez pitié de
votre père , emportez moi loin de ces champs
malheureux.

S E T H.

O ciel ! si ces mains que j'éleve vers toi ,
si ce cœur qui se déchire avec celui de mon
père… .

A D A M.

Mon fils Seth est si près de moi! j'ai entendu sa voix ; ô mon fils , quel calme ,
quelle douceur… . !

S E T H.

Eternelles puiſſances ! il ſourit ; venez tous auprès de lui. Venez Eve & Eman ; venez Sélime , Sunim, venez tous : & vous, ô mères, approchez, contemplez ſon dernier ſourire. Mon père , nous voilà tous réunis auprès de vous ; donnez nous votre bénédiction,

A D A M,

Approchez , mes enfans ; où es tu Seth ? viens, que j'étende ma main droite ſur toi ; je poſerai mon autre main ſur ta tête, ô Eman. Que Sélime ſe joigne à Eman , & Sunim à Seth. Approchez, ô mères , faites avancer vos enfans , & qu'Eve les béniſſe avec moi.

Ils ſe jettent tous à ſes genoux.

E v e en ſe mettant à genoux la dernière.

Je dois auſſi recevoir ta bénédiction, ô Adam.

A D A M,

O Eve , chère moitié de moi-même , tu veux auſſi que je te béniſſe ; hélas ! c'eſt tout ce que je puis pour toi. O mère des nations, tu fus créée peu de temps après moi,

& ta mort suivra de près la mienne. Voilà ma tombe.

E V E.

O Adam ! ô cher époux ! les paroles qui sortent de ta bouche sont des paroles célestes.

Elle se leve & soutient Adam.

A D A M

Je vous bénis, mes enfans, & je bénis avec vous les enfans de vos enfans, & toute la race des hommes. Que le Dieu de votre père, qui forma l'homme de terre & qui souffla dans cette argile une ame immortelle ; que ce Dieu qui daigna m'apparoître plusieurs fois, qui m'a béni lui-même, qui m'a jugé ; que ce Dieu souverain, Tout-puissant, éternel, adorable, tempère par quelques douceurs l'amertume de votre vie ; qu'il ne vous rappelle le souvenir de votre mort, que pour retracer à votre esprit l'image de votre future immortalité.... que votre corps mortel goûte les biens de la terre, comme un voyageur qui se désaltère à une source d'eau vive, sans s'y arrêter. Que la sagesse & la vertu élevent votre ame au-dessus des choses terrestres, & que chacun de vous sente l'importance & le prix du travail. Aimez-vous, mes chers enfans, car vous êtes frères ; que le bonheur de vos semblables fasse vos délices.

Puisse-t-il naître parmi vous des hommes semblables à Seth, qui vous rappellent le souvenir de votre Dieu ; & lorsque le Dieu de votre
père enverra parmi vous celui qui doit ouvrir
la route du ciel, ce divin rédempteur auprès
duquel mon ame va se rendre, levez vos
têtes, adorez & rendez graces à Dieu d'avoir
été créés . . . . cependant vous n'êtes que poussière & vous retournerez en poussière.

On entend un bruit sourd.

S E T H (*en se levant tout effrayé*).

Entendez-vous le tremblement du rocher ?

E V E.

O Adam !

S E T H.

Le bruit redouble, les secousses sont plus
rapides.

A D A M.

Grand Dieu, juge de l'univers, me voici
ô mort ! ô mort ! je te sens . . . je meurs.

Le rocher se brise.

Fin du troisième & dernier Acte.

J'ai lu par ordre de Monseigneur le Chancelier, *LA MORT D'ADAM*, Tragédie. Je n'y ai rien trouvé qui m'ait paru devoir en empêcher l'impression : A Paris ce 12 Janvier 1762.

Signé DEPASSE.

LIVRES NOUVEAUX

Qui se trouvent chez DESSAIN Junior, Quai des Augustins ; 1762.

	l.	s.
Esprit (l') des Tragédies, 3 vol. in-12 1762	7	10
Régime de vivre de Pythagore ; trad. de l'Italien du Doct. Cocchi : in-8°. 1762.	2	1
Recherches sur la manière d'agir de la saignée, & sur les effets qu'elle produit, relativement à la partie où on la fait : par M. David : in-12. 1762	2	1
Vie de Philippe Strozzi ; trad. de Toscan, par M. Requier : in 12 1762,	2	10
Elémens de Musique, de M. d'Alembert ; nouv. édit. in-8° 1762.	4	10

www.ingramcontent.com/pod-product-compliance
Ingram Content Group UK Ltd.
Pitfield, Milton Keynes, MK11 3LW, UK
UKHW022309070726
13614UKWH00002B/629